ACTÉON,

OU

L'ORIGINE

DU COCUAGE.

ACTÉON,

OU
L'ORIGINE
DU COCUAGE.

CONTE.

OVIDE dit entre autres choses ,
Livre *nescio quo* de ses Métamorphoses ,
Qu'un certain Actéon, Prince du Sang Thébain,
En Cerf fut changé sans remise,
Pour avoir sur Diane au Bain,
Id est , un peu moins qu'en chemise.

A ij

Jetté de profanes regards ;
Et que pour lui dès-lors oubliant tous égards,
Sa meute de carnage avide
Le relança , l'atteignit , l'attaqua ,
Le prit & le croqua.
N'en déplaise au Seigneur Ovide ,
C'est une fable que cela.
En feuilletant par-ci , par-là ,
J'ai lû dans certain Volume ,
Dont l'Auteur paroît bien inftruit ,
Le vrai de l'aventure , ainsi que ce qui suit.

ACTE'ON , grand Chaffeur au poil comme à la plume ,
Tel que D . . . . ou C . . . .
Mettoit tout fon plaifir à dépeupler les bois ;
Il y faifoit fans ceffe un dégât incroyable ,
Et bravoit en tous lieux les injures de l'air.
Ses Piqueurs entre cuir & chair
De bon cœur le donnoient au Diable,
Des pauvres Villageois il étoit la terreur ,
Et l'infortuné Laboureur
Souffroit cruellement d'un pareil voifinage ;
Car ce n'étoit point badinage.

Actéon, en courant les hôtes des Forêts,
Saccageoit sans scrupule, & vignes & guérêts,
Bref il causoit tant de ravage,
Il aimoit si fort la rumeur,
Qu'il passoit pour avoir l'humeur
Moins d'un Prince que d'un Sauvage ;
Cela n'empêchoit pourtant pas
Qu'il n'eût le cœur tendre & sensible ;
Et lorsqu'il trouvoit sur ses pas
Quelque Nymphe à friands appas,
Le Galant alerte au possible,
Ne ratoit jamais ce Gibier ;
Et nonobstant un peu de honte,
En son petit particulier,
La Belle y trouvoit fort son compte.
En effet, le Gaillard n'étoit pas mal tourné,
Bruns sourcils, épaules quarrées,
Qualités des plus désirées
Pour former un vivant bien conditionné.
D'ailleurs, auprès du Sexe il avoit belle langue,
Et quand il s'agissoit de lui faire sa cour,
En fait d'amoureuse Harangue ;
Il ne demeuroit jamais court.
Vertu d'espéce peu commune,
Qui valut à son possesseur
Une vraiment bonne fortune

A iij

Digne d'un si vaillant Chasseur.
Un soir en revenant après mainte proüesse,
    Vainqueur de plusieurs Animaux,
    Il rencontra sous des ormeaux,
    Diane, la chaste Déesse:
Chaste par excellence, à ce que dit NASON;
Mais, selon mon Auteur, pas plus que de raison.
Pardon, si son avis n'est pas conforme au vôtre,
    Seigneur NASON; encore un coup,
    Je crois, sans vous blesser beaucoup,
    Qu'elle aimoit le cas comme une autre;
    Quelle femme ne l'aime pas !
Et pour être Déesse, on n'en est pas moins femme,
Sur-tout quand on est jeune & qu'on a des appas,
Heureuse circonstance où se trouvoit la Dame !
    Assise sans arc & sans traits,
    De ses Nymphes environnée,
    Elle se délassoit au frais,
    Des fatigues de la journée,
En deshabillé simple, elle n'étoit ornée
    Que de l'éclat de ses attraits:
    Un soupçon de Palatine,
    De la gaze la plus fine,
Que le malin Zéphir agitoit à dessein,
Laissoit voir à demi les trésors de son sein:
    Robe ouverte, alors à la mode,
Jupe courte & légère, au moins aussi commode,

Développoient aux yeux la forme & le contour
    De deux jambes faites au tour :
Enfin la Volupté, Reine de la Nature,
Sembloit feule avoir pris le foin de fa parure.
Actéon arrêté dès le premier moment,
Confidére Diane affez avidément ;
    (Il ne l'avoit pas encor vûe)
    Revenu de l'étonnement,
    Où l'avoit mis fa rencontre imprévûe ;
Il tombe à fes genoux refpectucufement,
    Et lui tourne fon compliment…
Diane cependant parcourant fa figure,
    Fixe fes regards fur fon nez,
    Qui lui paroît d'un bon augure
    Et des mieux proportionnés ;
    (Elle fe connoiffoit en mine)
Actéon eft fon fait, plus elle l'examine,
    Plus elle le trouve charmant ;
    Elle le releve elle-même,
    Lui répond gracieufement,
    Et d'une complaifance extrême,
    Le fait affeoir à fes côtés.
    Confus de toutes ces bontés,
Actéon fur le champ en rend grace profonde,
    En homme qui fçait bien fon monde.

On replique ; infenfiblement
La converfation s'engage,
Il y déploye adroitement
L'élégance de fon langage ;
Il poffédoit parfaitement
Cet efprit de galanterie ;
Efprit de pur jargon, fi goûté de nos jours ;
Une fine plaifanterie
Animoit fes moindres difcours ;
Il parloit à miracle, Etoffe, Broderie,
Dentelle, Falbala, Pompon, Tapifferie,
Il découpôit du dernier goût ;
C'étoit un homme unique, & qui fçavoit de tout.
La Déeffe en eft folle, elle retient à peine
Sa flamme dévorante & prête d'éclater ;
Sa nombreufe fuite la gêne,
Mais elle va s'en écarter.
Toujours affis, dit-elle.... Oh ! rien n'eft fi mauffade !
Je fuis bien aife de goûter
Le plaifir de la promenade ;
Qu'on m'attende.... Seigneur, vous m'accompagnerez,
Je prendrai votre bras..... Tout ce que vous voudrez,
Déeffe, ma perfonne eft à votre fervice....
Ils s'éloignent toujours en difcourant ainfi,
Actéon n'étoit pas un amoureux tranfi ;
Il faifit ce moment propice

Pour déclarer sa passion.
On feint de l'écouter avec distraction ;
Qn feint de croire qu'il veut rire ;
Mais au fond du cœur on désire
Qu'il parle sérieusement ;
Actéon le voit clairement,
Et loin de s'amuser à des sermens frivoles,
Se borne simplement à jurer en honneur,
Que sa bouche sincére est l'écho de son cœur.
Il accompagne ses paroles
De gestes expressifs & propres au sujet :
Seulement pour la forme, on le gronde, on se fâche,
Et pour mieux seconder son amoureux projet,
Dans un Bosquet voisin, on s'esquive, on se cache ;
(La Belle veut au moins échoüer décemment)
Le Galant la suit promptement . . . .
Votre politesse s'oublie . . . .
Seigneur, que voulez vous ? . . . Pourquoi suivre mes pas ?
En vérité, je ne vous comprens pas ,
Et vous êtes d'une folie . . . .
Actéon n'entend rien que ses bouillans transports,
Il la serre, il l'embrasse, ils ne font plus qu'un corps,
Quelle vivacité ! . . . Quelle vigueur l'entraîne !
La Déesse suffit à peine
A ses impétueux efforts :
Son ame coup sur coup de délices s'enivre ,

Elle n'a pas le tems de former des défirs ;
    Trois fois elle ceffe de vivre,
Trois fois elle renaît dans le fein des plaifirs.
    Le Héros ne rend pas les armes
    Après ces glorieux travaux ;
Mais fa bouche & fes mains parcourent mille charmes,
Que fes yeux enchantés trouvent toujours nouveaux ·
    Il refpire, il le peut fans crime,
La Déeffe lui lance un regard enflammé,
    L'éclair part, le feu fe ranime,
La foudre éclate, tombe, & tout eft confommé.
    Quatre fois, le nombre eft honnête.
Diane, qui d'abord ne comptoit nullement
    Se trouver à pareille Fête,
    Invita fingulierement
    Actéon dans ce tête à tête,
    A la vifiter fréquemment :
    Il le promit & fut fidéle ;
    Elle le fut également.
Pendant fix mois entiers pas la moindre querelle,
    Même ardeur, même empreffement ;
C'étoit un tourtereau près de fa tourterelle,
Qui ne devoient jamais fonger au changement :
L'Hiftoire auroit un jour indubitablement
    Cité ce couple pour modéle,
    Les Peuples le citoient déjà :
Mais un Rival furvint à la traverfe,

Et l'union ſe dérangea ,
Soit que Diane alors , comme on le préjugea,
Crut que dans l'amoureux commerce ,
Changement pique l'appétit ;
Soit que la choſe avint ſans qu'elle y conſentit.
ENDIMION , Berger paîtri de graces ,
Vit la Déeſſe , & l'adora ;
Sa beauté tellement de ſon cœur s'empara ,
Qu'il étoit toujours ſur ſes traces :
Elle ne tarda pas à s'en appercevoir ,
A ce que l'Auteur inſinue ;
Mais par quelque motif encore retenue ,
Elle feignit de n'y rien concevoir ;
Le Berger ſouffroit le martire ,
Il languiſſoit pour elle , & n'oſoit le lui dire :
Il avoit inutilement ,
Pendant un tems conſidérable,
Cherché le moment favorable ,
Il le trouva ; voici comment.
L'Eté dardoit alors ſes chaleurs exceſſives ;
Au fond d'un petit bois , délicieux ſéjour,
Un ruiſſeau rouloit ſes eaux vives ,
Où Diane venoit ſe baigner chaque jour.
Endimion le ſçut , & caché ſur la route ,
Il l'attendit à quelques pas de-là :
Il s'impatienta ſans doute ,
Les Amoureux ſont ſujets à cela ;

Les foupirs, les Jérémiades
S'en mêlerent auffi ; c'eft un foulagement :
Cependant la Déeffe arrive leftement
  Au milieu d'un gros de Dryades ;
Son premier mouvement en voyant le ruiffeau,
Eft de fe contempler dans le criftal de l'eau ;
Un fonge féducteur qui l'occupoit encore,
  Rendoit fon tein plus vif & plus vermeil
  Que n'eft l'éclat dont fe décore
  La Rofe au lever du Soleil.
La Déeffe fourit en fe trouvant fi belle,
A la deshabiller on s'empreffe avec zèle ;
  Ses longs cheveux fur fon col difperfés ,
  Sont fur fa tête en ondes retrouffés ;
Il fort de fon corfet un fein plus blanc que neige :
L'heureux Endimion voit ce charmant manége,
Et trouve néanmoins qu'il ne voit pas affez.
  Enfin au gré de fon envie,
  On met la fœur du blond Phœbus ,
   In naturalibus . . . .
Quel fpectacle, grands Dieux ! fon ame en eft ravie !
Ebranlé, hors de lui, maîtrifé par fes fens,
Il éprouve à la fois mille défirs preffans,
  Inféparables du jeune âge ;
Plein de ce qu'il admire, oubliant l'Univers,
  Il ne fonge qu'à l'avantage
De joüir des appas à fes regards offerts.

Diane entre dans l'eau , le Berger en soupire ;
Mais cédant tout à coup à l'Amour qui l'inspire ,
Il quitte ses habits : tel que ce Dieu paroît ,
  L'arc bandé , la fléche en arrêt ,
  Il vole où son ardeur le mène . . . .
  A l'aspect de ce phénomène . . . .
Les Nymphes à deux mains couvrant vîte leurs yeux ,
Prennent toutes la fuite . . . . une seule s'arrête ,
  Et tournant tant soit peu la tête ,
En écartant les doigts regarde de son mieux.
  Endimion que tout seconde ,
  Déjà précipité dans l'Onde ,
En enleve Diane avec un doux effort ,
  Et la couche le long du bord.
  La Déesse luxurieuse ,
Sur qui l'objet présent avoit toujours ses droits ;
Veut d'abord se fâcher de tant de hardiesse ,
Mille baisers de feu font expirer sa voix :
  Apparemment pour être exempte
  De résister plus vivement ,
Elle s'évanoüit en Coquette prudente.
En voyant sa Maîtresse ainsi sans mouvement ,
Un Amant neuf encor , le cœur saisi d'allarmes ,
  Eut lâché prise & couru promptement
Lui faire respirer un flacon d'Eau des Carmes ;
Dieu sçait si le Berger donne dans ce panneau !

Il posséde trop bien l'art du monde & des femmes,
            Pour ignorer qu'il est une Eau ,
Beaucoup plus efficace à soulager les Dames ;
Et devinant au juste à quelle intention
            Diane s'est évanoüie ,
        De sa beauté l'excellence inoüie ,
Excite de nouveau son admiration ;
Plus il la considere , & plus il l'idolâtre ,
Aux lieux les plus secrets pénétrant par dégré ,
            Entre deux colomnes d'albâtre ,
Il découvre l'Autel à l'Amour consacré . . . .
Brûlant en ce moment de l'ardeur la plus grande ,
Il se met en devoir d'y porter son Offrande . . . . .
            Bientôt l'encens fume à foison :
            Revenant de sa pamoison ,
            Diane par mainte caresse
En témoigne au Berger sa satisfaction ,
            Et combien elle s'intéresse
A ce qu'il mette l'œuvre à sa perfection.
            Tandis que ce soin les captive ,
Actéon sort du Bois & s'avance vers eux . . . .
Jugez de sa surprise à cette perspective !
            Ah ! dit-il d'un ton douloureux ,
Que vois-je là ? mon malheur est sans bornes ;
J'ai rêvé cette nuit que sur le front marqué ,
            Tel qu'un Cerf je portois des cornes ;

Voilà mon songe assez-bien expliqué . . . .
Qu'attens-je ? à m'éloigner trop long-tems je différe.
Fuyons une infidelle, oublions ses appas,
    L'ingrate ne mérite pas
Les reproches honteux que je pourrois lui faire.
Moi Cocu ! . . . . qui l'eût cru ! . . . . L'humiliation
Est dure à digérer pour une ame superbe !
Au reste, ajoute-t-il, je ne le suis qu'en herbe.
    C'est une consolation.

N.